E

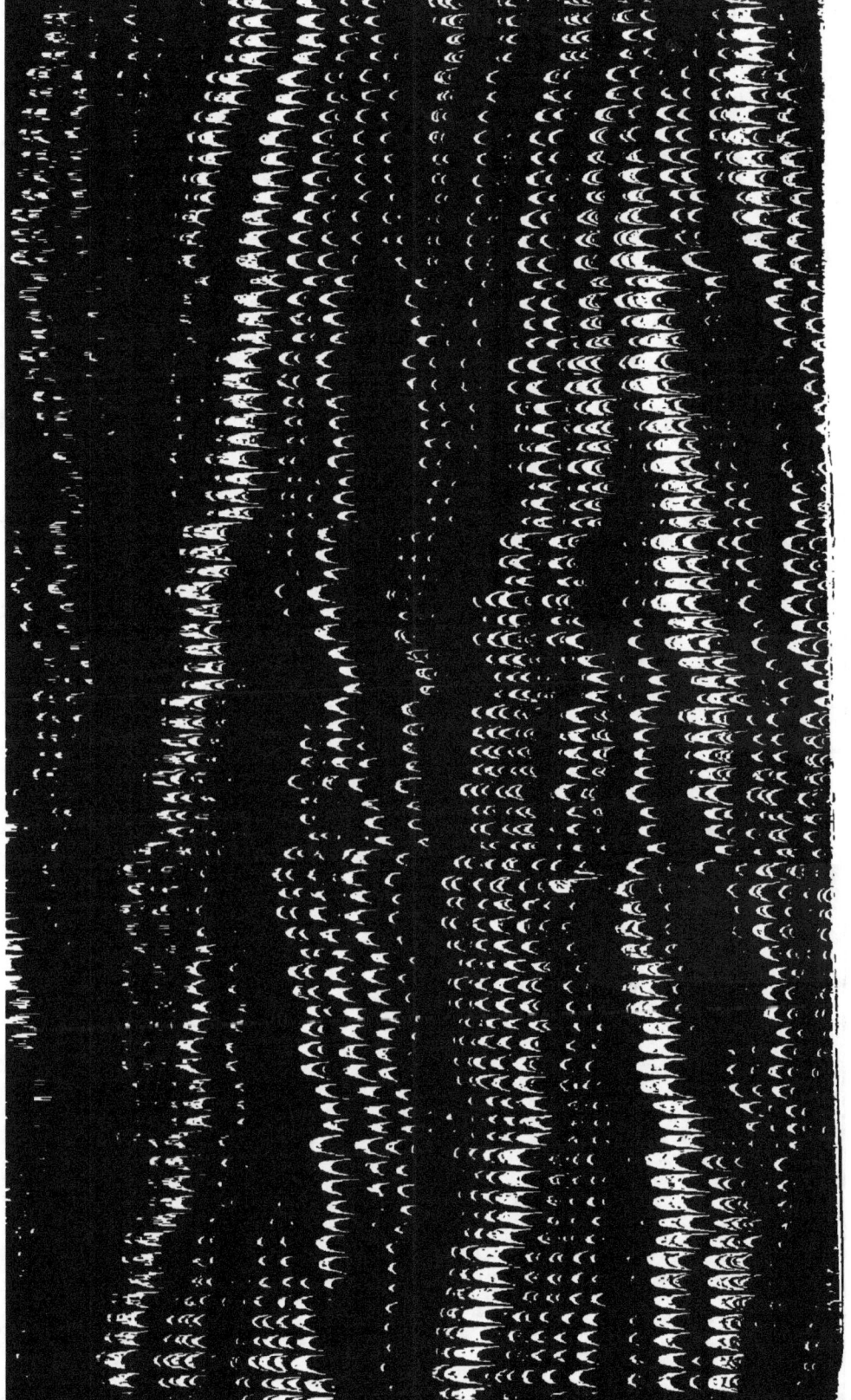

UNE

JOURNÉE

DE PARIS.

UNE
JOURNÉE
DE PARIS.

PARIS,

Chez {

JOHANNEAU, libraire et commissionnaire, au Lycée des arts, n.º 28, et rue du Coq-honoré, n.º 134.
Tous les marchands de Nouveautés.
Et à Orléans, BERTHEVIN et RIPAULT, libraires.

AN CINQUIÈME.

UNE

JOURNÉE

DE PARIS.

CHAPITRE PREMIER.

Le Cocher de fiacre.

IL est sept heures du matin,
me voilà enfin à Paris. . . . Mesdames et Messieurs, j'ai l'honneur de vous présenter mes
respects : enchanté du voyage
agréable. . . . Monsieur, vous

A 3

avez bien de la bonté,... monsieur, c'est trop honnête. ...
Monsieur, nous de même, dit
une voix criarde, élevée d'une
octave au-dessus des autres. ...
Certainement, monsieur, certainement, ... et je me sauvai
la tête basse de ce déluge de
complimens, qui, pris tous sur
un ton différent, formoient une
cacophonie très-risible. ... Je
ne doutai pas alors que le fat
ne fût descendu le premier pour
offrir la main à la petite personne niaise, que j'entendois
lui répondre. ... Vous avez bien

ec la bonté. Les autres person-
-nages se querelloient, comme
c'est l'usage, avec le conducteur.

Je marchois légèrement, mon
très-petit paquet sous le bras,
sans écouter un crocheteur qui
m'offroit amicalement de s'en
charger. Mon attention étoit oc-
cupée par un cocher de fiacre.
La main sur le bouton de la portière de son carrosse, et l'autre
ouverte et étendue, il sembloit
me dire. . . . Venez, jeune provincial, cette voiture est bien
suspendue, très-douce, et vous
fera arriver commodément à

votre destination. Je m'arrêtai à regarder tour-à-tour le cocher, les chevaux et la voiture. Elle étoit simple, et devoit avoir été à la mode six ans auparavant.... Les chevaux avoient l'air si soumis, si humbles. J'apperçus sous le witz-chouras du cocher un gillet d'ancienne livrée. . . . Le possesseur de cet équipage, me dis-je à moi-même, fut du nombre de ceux dont on envioit le bonheur. . . . Le cocher ouvrit alors la portière, et me fit voir l'intérieur de la voiture, encore très-propre. Ce mouvement, et

l'expression de ses yeux , me
racontèrent en un moment l'his‑
toire de son maître. . . . Il étoit
riche,... bon,... car cet homme
ne l'avoit pas oublié. . . . Il fut
persécuté. . , . Le cocher ouvrit
la main et la referma. . . . Il est
donc mort, m'écriai‑je d'un ton
où je crois qu'il pût voir de l'in‑
térêt. . . . C'étoient les premiers
mots prononcés depuis le com‑
mencement de notre conversa‑
tion. Il fit le signe de tête né‑
gatif. . . . étendit le bras. . . . Je
crus voir son maître aux ex‑
trémités de la terre. Il soupira

profondément. . . . Monsieur ne m'a pas permis de le suivre. . . . Il se rapprocha de ses chevaux. . . . Je n'ai pas voulu quitter mes deux amis. Qu'il est à plaindre, pensai-je, l'homme honnête qu'on force de reporter son amitié sur des êtres insensibles. . . Les deux chevaux qu'il caressoit, tournèrent les yeux de son côté, et j'atteste que j'y vis de la reconnoissance. Je le plaignis un peu moins, je l'estimai davantage... Je lui pris la main... Votre course est finie, adieu, brave homme, et je m'éloignai en marchant plus légèrement.

CHAPITRE II.

Les Amis de collége.

Bon jour, mes amis, bon jour, — eh, c'est . . . . . . — Oh ! mon dieu oui, c'est lui : cela vous surprend-il ? — oui, —cela vous fait-il plaisir ? Non, non, dirent-ils à la fois. — Eh bien ! soit, je n'en reste pas moins avec vous. Dans l'hôtel, dit l'un d'eux. . . . Dans cette chambre, dis-je. . . . Ah ! dans cette chambre, et le plus fou me sauta sur les épaules. . . . . Tu mangeras avec nous , — à trente sols par repas , — à trente sols par repas. — Tu coucheras avec un de nous ! — Je coucherai avec un de vous. — As-tu de l'argent ? — Hein , hein , pas trop , — j'en ai un peu , — j'en ai assez , — j'en ai plus qu'il ne m'en faut. . . . . Nous seroit-il permis , maintenant , me dit un de mes amis , avec une gravité risible , de vous demander :

Quel sujet vous amène
Sur les bords fortunés arrosés par
*   la Seine.*

Ton

Ton mot fortuné est un peu cheville. — J'en conviens. — Je vais vous répondre en prose, monsieur le poète. . . . J'ai fait avec un de mes amis d'...... une mauvaise arlequinade en vaudevilles ; c'est un enfant perdu que je sacrifie au dieu de la gaieté. . . . Si cette pièce réussit, on se divertira en applaudissant. Si elle ennuie , on se donnera le plaisir de la siffler. — Sois tranquille, nous te répondons de trente battoirs. — Je ne crains qu'une chose , c'est qu'elle ne soit ni assez bonne

B

pour être applaudie , ni assez mavvaise pour être sifflée... Tant pis , me dit celui qui avoit fait la première question :

Cet état de tiédeur
Déplait à tout mortel auditeur
ou lecteur.

Ah ! le mauvais vers , m'écriai-je , en me bouchant les oreilles. Détestables , ajouta l'un d'eux... Figures-toi que , depuis qu'il est sorti du collége , il a la manie de ne parler qu'en vers , et , en vérité , ils sont si mauvais que :

Sunt verba et voces præteraque nihil.

En voilà bien d'un autre,
di-je. — Croirois-tu que :

Quidquid castalio de Gurgite Phœbus
anhelat. . , .

. Ah ! fais - nous grace de tes
citations latines. Les mauvais
vers qu'il nous fait sont de lui
au moins. . . . Personne ne les
lui disputera, et les tiens ap-
partiennent à tout le monde....
Ils n'ont pas la moindre suite
dans les idées, me dit le troisième, qui avoit à peine parlé,
et qui s'occupoit de métaphy-
sique, de mathématiques, de

B 2

Physique , de botanique , de minéralogie , d'astronomie, de chymie, et de toutes les sciences en *ique* et en *ie* possibles. . . . L'existence de leur bon sens est un problême que je ne me chargerois pas de résoudre ; leur tête est, en raison , composée d'esprit et de frivolité , et la somme totale de leur jugement se réduit à zéro. . . . Ah ! ah ! ah ! ah ! ah ! et tous quatre de rire de tout notre cœur. . . . Allons , MM., je vois que nous avons conservé tous nos petits ridicules de collége. Tu me rappelles, toi, que tu as remporté le prix de vers latins ; toi, celui de version française ; toi, celui de philosophie ; et toi, s'écrièrent-ils, celui d'amplification. . . — sous M. l'abbé D. . . . . , qui expliquoit si bien, — qui faisoit si mal sa classe, — qui étoit si original, — auquel nous avons joué de si bons tours. . . . . Nous nous taisons tous quatre. . . . Nous soupirons ensemble. . . . Après une petite pause, ... MM., je vous établis mes juges, je vais vous lire. . . . — Ah ! voilà bien M. l'auteur. . . .

B 2

— Il se cramponne après le premier
    qu'il attrape,

. . . .

    Et Bénévole ou non, dût-il ronfler
    debout,
    L'auditeur entendra sa pièce jus-
    qu'au bout.

Ceux-là sont bons, — ils ne
sont pas de toi. — Ah! la petite
épigramme. — Je lis. — Nous
écoutons. — Ceci ne vaut rien.
— Cela est passable. — C'est
bon. — C'est très-plaisant. . . .
Je corrige, j'ajoute; qu'en pensez-vous; — nous croyons que
cela prendra. . . . Oui, dit le

mathématicien , et cependant qu'est-ce que cela prouve. . . . Ils m'ont jugé un peu sévère-ment. — Tant mieux , les amis de collége sont les plus éclairés , les plus sages , les moins indul-gens et les plus solides. . . . Je laisse le reste de la digression à faire à un écolier de réthorique.

CHAPITRE. III.

A un lecteur et à une lectrice.

Lorsque je me suis engagé, madame et monsieur, à vous fournir un petit volume *in*-18, ayant pour titre : *Une journée de Paris*. Vous vous êtes attendus à acheter, moyennant vingt sols, une suite d'anecdotes, ou sentimentales ou gaies, d'observations piquantes et ingénieuses... Vous espériez aussi, madame, en donnant timidement la très-modique somme, y trouver quelques situations galantes à comparer avec celles (où , soit dit entre nous) , vous avez pu vous rencontrer. Il ne dépend que de moi de vous reprocher un tort, celui de prendre , au nom du pauvre auteur, un engagement qu'il n'a souvent pu ni dû contracter. Si vous avez compté tous deux sur des situations , des anecdotes , des observations , vous pouvez vous être trompés, et alors vous en serez plus fâchés que moi. Si vous n'avez attendu que cela, vous vous êtes encore trompé; je vous demande la permission d'*embellir* mes petits récits de mes réflexions particulières. . . . Je veux que tout ce qui me passe par la tête afflige ou égaie celle de mes lecteurs. Ainsi, je ne vous ferai pas même grace de ces pensées venues avant terme qui ne sont pas entièrement développées, et auxquelles je n'aurai pas encore donné l'irrésistible forme dogmatique des quatrains de Pibruc, ou des maximes de MM. tels et tels. . . .

Si c'est chez vous, dans votre

appartement,... sur votre grand bureau,... sur votre chiffonnière, dans votre fauteuil à bras... sur votre sopha, etc. que vous lisez ce chapitre, je suis fort heureux,... vous avez acheté mon livre, et j'ai le plaisir de vous faire digérer, à l'improviste, une Préface dans toutes les règles.... J'aurois bien pu mettre celle-ci à la tête de mon ouvrage, mais je craignois que les menaces dont elle est remplie, en vous intimidant, ne vous empêchassent de l'acheter.... Voilà de la franchise.

CHAPITRE IV.

Chapitre d'auteur.

QUELQUES jours avant mon départ d'. . . . . . j'allai chez mon tailleur : après les civilités d'usage, je lui dis, avec le sérieux convenable en pareille circonstance. . . . M. Beck , . . . je voudrois un habillement propre et en même-tems de bonne durée, d'une couleur qui ne fût ni sombre ni gaie. Il me déroula une pièce de drap d'Elbœuf gris. . . .

— Fort

— Fort bien. — Je voudrois
maintenant que la forme en fût
commode. — J'aurai l'honneur
de faire à monsieur une redingotte. — Je voudrois que cette
redingotte ne fût ni trop longue
ni trop courte , M. Beck. — Je
la ferai demi-quarrée... — Fort
bien , ... avec des poches sur
le côté, — avec des poches sur
le côté ; — article essentiel ,
M. Beck , article essentiel.

C'étoit avec cette redingotte
grise, demi-quarrée, que je tra-
versois les rues de Paris. ...
L'article des poches de côté étoit

C

vraiment essentiel. Par-tout ail-
leurs que dans la bonne ville où
je suis né, je me trouve fort
embarrassé de ma contenance.
Ces poches, au moins, m'en
fournissoient une. Je pouvois
librement mettre une main dans
la droite, et balancer le bras
gauche avec grace ou sans grace,
en accordant son mouvement
avec ma démarche. . . . *andante*,
piano, *presto*, *prestissimo*. Je pouvois aussi, et c'est ce qui m'arrive
toutes les fois que je m'arrête, je
pouvois mettre mes deux mains
dans les deux poches ; alors plus

de gêne , plus d'embarras , plus
de contrainte ; j'ai déterminé-
ment une tournure à moi. On
me trouve , à la vérité , l'air un
peu niais , et c'est une des observations que j'ai faites dans le
courant de la journée. Une jeune
dame , fort jolie et fort élégante,
appuyée sur le bras d'un jeune
homme très-fat et très-précieux,
lui dit , en mignardant, ... les
mains dans les poches. C'est la
contenance de ceux qui n'en
ont pas. .... On ne définit pas
mieux que çà , madame , répondit le jeune homme : et il sourit

à sa réponse. Je pourrois fournir le plan de deux grands chapitres sur les poches et la contenance : je confierois la rédaction des deux à un enrichi.

Après avoir donné au lecteur l'esquisse de ma tournure , je vais le gratifier de mon portrait, et je suis sûr qu'il ne m'en connoîtra pas davantage. Me ferai-je, comme M....er de Compiègne, graver en taille-douce à la tête de mon plus mauvais ouvrage. . . . Non ,... cependant je ne suis pas mal ; si on me le conteste , j'en appelle à quelques marchandes à

échopes qui me l'ont dit. .... Je
desire pourtant donner, à quelque prix que ce soit , une idée
de ma figure.... J'ai le moyen , ...
cherchons dans nos petits cahiers
d'auteur. .... Ah! je le tiens.

PASSE-PORT.

Sur le témoignage des ci-
toyens . . . . habitans
domiciliés , qui ont signé au
registre.... . . . .
laissez passer le citoyen. . . .
. . . . . . allant à. . . . .
domicilié commune. . . . .

C 3

département d. . . . . . âgé
de vingt . . ans , taille de cinq
pieds. . . pouces. . . lignes ;
cheveux et sourcils châtains ,
yeux bruns , nez aquilin, bouche
moyenne , menton rond , front
moyen , visage ovale ,

Et prêtez-lui assistance en cas
de besoin.

Délivré à . . . . le . . .
l'an , etc.

Suivent les signatures.

On doit me connoître parfaitement. . . . et ce signalement est
si bien donné, que si mon livre

réussit, je ne doute pas que les petits enfans, les nourrices, les berceuses, ne me montrent bientôt au doigt, en disant : voilà l'auteur d'une journée de Paris. . . . Vous jugez bien que cela flatte un *homme de lettres....* L'amour de la gloire. N'est-ce pas assez parler de vous, me dit en ce moment un vieux critique ; d'une main il ôte ses lunettes, il retourne sur la table mon livre entr'ouvert, et l'y assujettit de l'autre. . . . Ce petit volume est comme tous les mauvais ouvrages ; on y

trouve tout , excepté ce qu'il
annonce et ce qu'on y cherche....
Chut, chut, vénérable censeur,
je me tais.

CHAPITRE V.

Je suis en marche.

OUVRONS mon calepin. . . . hen, hen, hen, hen. J'y suis. . . . *Passer au théâtre de*. . . . faire une visite à madame L. . . . . C'est de toutes les visites, et elles sont nombreuses :

Visites d'amitié.

Visites de galanterie.

Visites d'amour.

Visites de famille.

Visites du premier de l'an.

Visites de voisinage.

Visites sans conséquence.

Visites d'étiquette, *ou*

Visites de cérémonie.

C'est, de toutes ces visites, celle qui me coûte le plus. . . . Ouf. . . . une femme pardonne-t-elle cela. . . . Pourquoi étois-tu aussi mal-adroit, aussi niais, aussi timide ; en un mot. . . . cette belle soirée d'été. . . . non de printemps. . . . Après une heure d'une conversation parfaitement sentie , tu étois devenu assez entreprenant pour lui serrer la main. . . . Une heure après tu avois osé, non sans frissonner, prendre un léger baiser sur sa bouche. . . . dirai-je de rose. . . . Elle étoit tendre, . . . tu pouvois être pressant : . . . tu ne le fus pas, . . . elle s'évanouit : . . . tu voles au cordon. . . . On vient, . . . madame reprend ses esprits, se trouve mieux, beaucoup mieux, te fait une profonde révérence, et sort appuyée sur le bras de sa femme de chambre. . . . Oh ! le sot, le triple sot. . . .

CHAPITRE VI.

Le Pont - Neuf.

Allons, ma pratique, allons nettoyer vos bottes. J'avois un pied sur sa sellette. — A la cire luisante, — comme il te plaira... J'étois piqué contre ma sottise, je voulus me distraire, . . . je me mis à regarder les passans , en roulant entre mes doigts la pièce de monnoie que je destinois au petit savoyard.

OBSERVATIONS

OBSERVATIONS.

Je remarquai que ce petit savoyard décrottoit parfaitement
les souliers, et avoit, en éten-
dant sa cire, le coup de pinceau
très-sûr, très-léger, et très-hardi
en même-tems. Je ne doutai pas
qu'avec quelque soin, un élève
d'Apelle ne pût en faire un grand
peintre.

Je remarquai qu'aucune des
deux ou trois cents figures qui
passèrent sous mes yeux ne se res-
sembloient, que toutes avoient
une expression différente d'ennui
ou d'occupation.

D

Ne sont-ce pas là des observations fines et ingénieuses ?

Je reçois, en trois minutes,
dix billets, annonçant changemens de domiciles ou établisse-
mens d'hommes officieux qui se
chargent de me guérir de mala-
dies que je ne crains pas d'avoir...
J'arrive devant un corps - de-
garde, . . . je vois une grille de
fer. . . . Ah ! c'étoit là qu'étoit
Henri IV ; je fus prêt de me jeter
à genoux devant l'espace que
commandoit autrefois sa statue...
J'aurois au moins eu cette con-
formité avec *Sterne*... Beaucoup

de gens tournoient leurs regards
de ce côté, et j'y lisois.... Ah!
c'étoit là qu'étoit Henri IV....

Si son image existoit encore,
quelques-uns passeroient indif-
féremment auprès d'elle.

D 2

CHAPITRE VII.

*Je suis au théâtre des Artistes dra-
matiques, lyriques, pantomini-
ques et comiques.*

LE réviseur général des pièces
de théâtre. — Le voilà, monsieur, ... et je vis arriver un
homme à l'air très-affairé, les
joues enflées comme un mes-
sager d'état, comme un ministre
des finances, ou comme le président de la faculté de médecine
de Molière. ... — Monsieur,

faites-moi la grace de me dire si
vous avez accepté la mauvaise
pièce, — laquelle.... A ce mot,
je vis se redresser trois personnages placés dans un angle de
l'appartement, . . . — cette arlequinade que vous a présentée
un de mes amis. — Ah! je vois,
j'en parlerai au comité d'admi-
nistration. — Quand , — dans
huit jours ; — sur-le-champ ; —
c'est impossible, monsieur, . . .
les affaires sont si multipliées , . . .
les occupations naissent sous
mes pas. . . . Tel que vous me
voyez, monsieur, je suis obligé

D 3

de mettre tout en mouvement,
le décorateur, l'orchestre, les
acteurs, les machines, les auteurs. Ouais,... est-ce ainsi,
me dis-je à moi-même, qu'on
traite les pauvres auteurs. —
Croiriez-vous, monsieur, que
j'ai chez moi quatre pieds cubes
de pièces de théâtre. — Monsieur, la mienne est très-platte,...
elle n'enfleroit pas de beaucoup
ce gros *caput mortuum ;* et,... —
que voulez-vous, monsieur, je
me dois à tout le monde, —
moi je me dois à moi-même, et
l'intérêt passager de mon amour-

propre ne me forcera pas de m'avilir. — Bravo , dirent les trois personnages que j'avois vus en entrant dans la salle. ... Monsieur, me répondit le réviseur en chef des pièces de théâtre , nous sommes loin , ... certainement , ... MM. les auteurs , ... permettez-moi d'aller en parler au comité , vous aurez réponse dans cinq minutes. Il sort. ... Une voix me crie en fausset ; monsieur présente une pièce de théâtre , — oui ,

Un petit vaudeville plaisant ,
Un petit vaudeville.

— moi une comédie ; — moi une pantomime ; — moi un drame. — Combien d'actes à votre vaudeville, — un seul ; ma comédie deux ; — ma pantomime trois, avec dix - neuf changemens de décorations, huit évolutions, quatre batailles, cinq enchantemens, sept incendies et deux enfers ; — mon drame quatre actes, un père qui tue sa fille, un frère qui poignarde sa sœur, et un amant qui assassine sa maîtresse. Le mouchoir blanc que portoit à la main ce dramaturge, contrastoit avec son habit noir. L'auteur de pantomime faisoit de grands mouvemens de bras et des grimaces horribles. L'auteur comique se frottoit joyeusement les mains. Votre pièce est-elle reçue, — non. Ni la mienne, — ni la mienne, — ni la mienne. — Quand le saurez-vous ? — je l'ignore ; — moi dans six mois, s'écria pitoyablement l'homme noir ; — moi dans quatre mois, dit gaiement l'auteur comique ; — moi.... tout-à-l'heure, dit le pantomime, en élevant la tête et en la promenant glorieusement

sur l'une et l'autre épaule. — Un
garçon de théâtre crie : . . . l'auteur du vaudeville ; — me voila,
— entrez. . . . Je vois , autour
d'une table ronde , six actrices
de tout âge et de toutes figures.
— Quelle est la pièce qu'on ré-
pète ? — une fadeur, des Vénus,
dit en relevant dédaigneusement
la lèvre supérieure, celle qui devoit jouer le rôle de la Déesse de
la Beauté. . . . Finis donc, finis
donc, disoit une grande fille de
vingt ans à un acteur cynique,
auquel elle donnoit en même-
tems une chiquenaude agaçante.

Deux de ces femmes me regar-
doient; deux autres se parloient
à l'oreille;... trois acteurs étoient
étendus, l'un sur une table, l'autre sur un fauteuil; le troisième,
couché sur un brancard de pa-
rade, avoit des trophées à ses
pieds, un carquois sous la tête,
un glaive et un poignard à ses
côtés. Celui-ci gesticuloit, ce-
lui-là chantoit, cet autre décla-
moit;... un musicien frédon-
noit en s'accompagnant de son
violon.... Monsieur,... dit le
réviseur,...votre pièce manque
absolument de gaieté.—Il suffit,

je la retire ; — je ne dis pas cela ,
monsieur, pour, . . . mais, . . .
cependant, nous l'acceptons , —
comme il vous plaira. — Quelles
sont vos conditions ? — les
voilà, — nous consentons. . . .
Cette pièce fera un joli effet au
théâtre , dit une actrice qui
m'avoit lorgné du coin de l'œil,
un joli effet au théâtre ; je la
remerciai par une inclination de
tête et un sourire. — Elle nous
fera faire de l'argent, dit un des
acteurs au réviseur. . . . Je fis une
grimace : — la représentation , —
très-prochaine , — serviteur. . . .

Eh !

Eh bien ! me dirent les trois auteurs , — elle est acceptée. . . .
Ils baissèrent les yeux. . . . Je les
attendrirai, dit le dramaturge ;. . .
je les jouerai , dit le comique ;
et moi j'en rirai , dis-je en m'en
allant.

E.

CHAPITRE VIII.

Préliminaire.

BON jour, mon jeune ami.....
Je reconnus la voix d'un homme
sage qui veut bien me témoigner
quelque confiance.—Vous voilà
à Paris. — Depuis trois heures.
— Je ne vous demanderai pas
quelle raison vous y amène, je
profiterai seulement du motif.
— Trop de bonté.— Dites-moi,
vous avez entendu parler de madame Delville, — cette infor-

tunée. -- Ah ! c'est bien elle ; -- vous savez que son mari fut arraché de ses bras -- pour marcher à l'échafaud ; -- que depuis ce cruel moment -- elle est inconsolable. -- Ah! oui, inconsolable ; jamais douleur n'eut un caractère plus touchant ni plus auguste; je la vois tous les jours, et tous les jours plus affligée.... Je veux vous présenter à elle, ... vous présenter, ... elle ne vous verra pas, elle ne vous entendra pas, ... elle ne reconnoît que moi, encore n'est-ce que par intervalles : elle n'entend que son Emilie. . . . C'est un enfant bien intéressant qu'Emilie; elle a huit ans, et depuis trois , elle a sacrifié à sa *bonne amie.* (c'est le nom qu'elle donne à madame Delville) les plaisirs de son âge. Egards, petits soins, prévenance, tout est employé par elle pour adoucir le chagrin *de sa bonne amie.* Vous verrez madame Delville , vous verrez sa charmante Emilie. — Ah ! sur-le-champ. — Non, quoiqu'elle jouisse à peine du sommeil , son Emilie la force de reposer un peu le matin : elle croit que ces instans

d'un calme apparent sont dé-
robés à la douleur... Attendons
dix heures , et entrons ici. —
Dans ce café ? — oui.

———————

CHAPITRE IX.

Le Café.

DONNEZ-NOUS, je vous prie, deux tasses de chocolat; -- vous êtes servis. Quoique frappé de ce que mon ami venoit de me raconter, je ne pus m'empêcher dé promener mes regards autour de moi. . . . Un homme entre avec fracas. . . . Garçon, garçon, un thé ; . . . il est servi lentement et négligemment. . . . Faites-moi le plaisir de me donner

un verre d'eau et un petit pain ,
dit un homme d'un extérieur
très-modeste. . . . Vous l'avez ,
lui répond-on , en lui présen-
tant obligeamment ce qu'il avoit
demandé. . . . Un nouvelliste
disoit:... Buonaparte est à qua-
torze heures de chemin de la Ma-
cédoine. . . -- Ah! ah ! . . . . . .
-- Il y a une révolution en Ir-
lande... hon, hon, hon, hon,
tant pis , dirent tous ceux qui se
trouvoient dans le café.... Trois
Parisiens se disputoient avec
chaleur à côté de moi. . . . Je
suis royaliste, moi, dit un d'eux

à demi-voix. . . . . Pst, pst, pst,
chassez les mouches , chassez
les mouches. . . . Le second dit,
d'un ton un peu plus élevé ; . . .
je suis républicain pour deux
ans. . . . Le troisième dit, très-
haut ; je suis républicain à la vie
et à la mort. . . . Dieu vous fasse
paix.

CHAPITRE X.

Madame Delville.

C'EST l'excellente petite Emilie,... elle est dans le corridor, debout à la porte de l'appartement de madame Delville. — Vous venez aussi pour plaindre ma bonne amie. — Ah! oui, la plaindre et l'aimer. — Ouvrez la porte doucement, bien doucement.... Depuis qu'un monsieur lui a dit;... elle soupira... Il croyoit lui faire plaisir, ce

monsieur-là, et il lui a fait bien
mal, au contraire, il lui a fait
bien mal. . . . Depuis qu'il lui a
dit que son mari pourroit bien
n'être pas mort, . . . toutes les
fois que ma bonne amie entend
sonner, elle jette ses crayons,
elle frissonne... Tenez, comme
cela, et Emilie trembloit. . . .
Elle se lève, elle vient à la porte,
et s'en retourne très-affligée. . . .
Il lui a fait bien mal, ce monsieur-là. . . . Elle tombe dans son
fauteuil, et j'ai beau la caresser,
l'embrasser, l'appeler *ma bonne*
amie, elle reste quelquefois éva-

nouie pendant une heure avant
de reprendre sa connoissance...
Je vous ai entendu marcher dans
le corridor, et je suis venu vous
prier d'ouvrir la porte doucement.... Il lui a fait bien mal,
ce monsieur-là. . . .

Pendant le discours d'Emilie,
mon ami s'est placé derrière le
fauteuil de madame Delville....
Elle dessine, et, de tems en
tems, elle regarde avec complaisance ce qu'elle vient de
tracer;...elle soupire profondément;... elle dessine encore....
Emilie, ressemble-t-il?...--Oh!

ma bonne amie, il ressemble plus que tous ceux-là, et elle montroit du doigt vingt portraits attachés au lambris, qui représentoient tous la même figure, celle de M. Delville. -- *Ma bonne amie*, ne vas-tu pas cesser de dessiner?... Madame Delville ne répond rien.--Veux-tu que j'ôte?... et Emilie désignoit le modèle du dessin.... Sévèrement.... Emilie, laissez-là ce portrait. -- Mais, *ma bonne amie*,... tendrement...--Emilie, vous m'affligez...--Ah! *ma bonne amie*, moi vous faire de la peine.

-- Tu

-- Tu sais, ma petite Emilie.....
Elle apperçoit alors mon ami...
Vous le savez, monsieur,... c'est
son portrait, ... et, ... et c'est
lui-même qui l'a peint... Voilà
ma copie d'aujourd'hui. ... Res-
semble-t-elle?... Mon ami reste
muet. ... Oui, oh oui ! il est
ressemblant,... je le sens là ,...
montrant son cœur ! Les bour-
reaux ,... d'une voix étouffée...
J'ai fait tout ce que j'ai pu pour
mourir avec lui ; ... ils ne m'en-
lèveront pas son image : ...
elle serroit fortement le portrait
contre son sein. ... Emilie, on

F

sonne ? -- Non *ma bonne amie.*
-- On sonne , te dis-je. . . . Elle
tressaille , elle fait un effort pour
se lever ; elle s'évanouit. . . Emilie
l'accable de caresses , nous lui
faisons respirer des sels. . . Elle
soulève péniblement la paupière,
passe la main sur son front , et
soupire ; elle voit Emilie à ses
genoux. -- Emilie , ma chère
Emilie , je t'ai chagrinée, . . . je
m'en souviens , oui je m'en souviens, mais tu es si bonne.... Ah !
s'écrie en sanglottant, Emilie.
-- J'ai besoin , monsieur , de
l'indulgence d'un enfant. . . .

Elle retomba dans son évanouis-
sement.

Que faisiez-vous alors, spec-
tateur de cette scène?... J'étois
immobile, je sentois.... Emilie
nous pria de nous éloigner....
Mon ami me prit la main, me
la serra. . . . fortement, . . .
nous sortîmes, et nous nous
séparâmes sans proférer un seul
mot.

———————

CHAPITRE XI.

Polichinel et les Nota bene.

RIEN ne m'amuse comme un Paillasse ou un Pierrot, lorsque l'un ou l'autre est spirituel, et je trouve infiniment de plaisir à voir Polichinel s'escrimer avec le diable, et à écouter le récit de ses aventures, lors toutefois que je peux entendre son jargon.

Eh bien ! Polichinel, d'où viens-tu ? Je viens, répondit Poli-

chinel dans son baragouin (A),
je viens de faire mes voyages. --

(A) *Nota bene* BARAGOUIN. Le baragouin de Polichinel est formé, comme
chacun sait, d'un sifflement (B) aigu.

(*a*) *Nota bene.* Cette note est faite
pour ceux qui veulent remonter à l'ori-
gine des langues idiômes, patois, jar-
gons, etc.

(B) *Nota bene.* SIFFLEMENT. Ce sifflement est opéré par un instrument à
vent (C).

(*b*) *Nota bene.* Cette note est consacrée à l'instruction de ceux qui ne sau-
roient pas que le baragouin de Polichinel est artificiel

Ah ! tu viens de faire tes voyages;
et qu'as-tu vu dans tes voyages?

(C) *Nota bene.* INSTRUMENT A VENT.
Cet instrument à vent est composé de
deux petites plaques de métal ; je dis de
métal, parce qu'elles peuvent être d'or,
d'argent, d'étaim , ou de plomb , etc.
On ne les fait que de fer blanc, vu que
ce procédé est véritablement très-éco-
nomique. Ces deux plaques de métal,
or, argent, étaim , plomb ou fer blanc,
sont jointes ensemble par une faveur
de soie qui les contient et les resserre.

Nota bene. Cette note est faite pour les
amateurs des sciences, arts et métiers.

Nota bene. MANIÈRE DE SE SERVIR DE
L'INSTRUMENT. On le place entre la

-- J'ai vu dans mes voyages des grandes routes et des postes. --

---

langue et le palais. . . On parle, . . . et l'on obtient de cette expérience un résultat satisfaisant.

Note de l'auteur. J'engage le lecteur à suppléer, en lisant ce chapitre, à l'insuffisance de l'ortographe française, qui ne me permet pas (malgré Rétif de la Bretonne) d'écrire ici comme Polichinel parle. Je dois lui témoigner une petite crainte. Je tremble qu'il ne me suppose le dessein de critiquer l'abus des notes. Les ouvrages récens de Messieurs. . . . Chut, . . . chut, pourroient le faire croire.

Ah! tu as vu des grandes routes et des postes ; diable ! cela
s'appelle voyager avec fruit :
qu'as-tu vu encore ? -- ce que
j'ai vu ! -- oui , ce que tu as vu.
-- J'ai vu des peuples. -- Peste !
tu as vu des peuples : eh bien !
ces peuples. -- De tous ces peu-

Note de l'imprimeur. J'ai observé à
l'auteur qu'il étoit difficile d'imprimer
toutes ces notes de suite , et je lui ai
fait part de mes scrupules sur l'ennui
que je pouvois causer au public , de
concert avec lui... *Notez* que ce n'est ,
que ce n'est que par ses ordres que je
mets ces *notes* dans mon composteur.

ples, le peuple le plus peuple est le peuple franco - républico. -- Qu'est - ce que ce nom franco-républico ? -- C'est un joli nom, et le peuple qui le porte un joli peuple. -- Je n'ai jamais vu le peuple franco - républico dans l'histoire. -- Tu l'y as vu, mais c'est que tu ne le reconnois pas,... il est si défiguré : -- défiguré, ah ! c'est différent ; et pourquoi est-il défiguré ? -- il est défiguré, parce qu'il a eu.... une révolution. -- Et de quelle espèce est cette révolution ; est-ce une révolution du soleil ? -- Non ;

est-ce une révolution de la lune?
--- Non ; est - une révolution
d'asthme ? . . . --- Non, non,
non, non, dix fois non; c'est
une révolution, et cette révolution l'a tout-à-fait changé. --
Comment changé ! qu'est - ce
qu'il étoit donc autrefois ? -- ce
qu'il étoit autrefois; il étoit vif,
gai, enjoué, ingénieux, doux,
sensible; il rioit et il chantoit.
-- Il ne chante donc plus? Non,
il ne chante plus depuis qu'il est
régénéré. -- Et que fait-il donc
depuis qu'il est régénéré ? --
depuis qu'il est régénéré , . . . il

danse. -- Allons, Polichinel, tu m'en fais accroire, un peuple régénéré ne danse pas. -- Je te soutiens qu'il danse, et qu'il danse comme il n'est pas permis de danser. -- Ah! de l'épigramme, Polichinel, comme il n'est pas permis de danser. . . . -- Oui, comme il n'est pas permis de danser. . . . On le crève d'impôts.

Zigue zague dondon,
Un pas de rigaudon.

On le houspille, on le rosse.

Zigue zague dondon,
Un pas de rigaudon.

On le met en prison , il s'en
réjouit , parce qu'il aura le tems
de s'étudier à y faire

Zigue zague dondon ,
Un pas de rigaudon.

Quelque-tems avant de quitter
le peuple franco-républico , on
me présenta dans une société : --
On te présenta dans une société ?
-- oui , on me présenta dans une
société. -- Eh bien ! qu'est-ce que
tu vis dans cette société ? -- Je vis
un beau jeune homme, et ce beau
jeune homme me dit. . . . Ah !
Polichinel , . . . ils ont tué mon
père !

père ! -- Ils ont tué votre père :
et je tirai mon mouchoir de ma
poche, et il se mit à danser ; et
je me mis à chanter

> Zigue zague dondon,
> Un pas de rigaudon.

Fi donc, Polichinel, fi donc ;
me dit le beau jeune homme ; on
ne danse plus le rigaudon chez
le peuple franco-républico ; on
danse l'anglaise, la valce et le
zéphir.

Allons, dis-je en m'éloignant,
Polichinel est moins menteur
qu'un voyageur, mais je parierois
qu'il n'est pas sorti de son pays;

G

CHAPITRE XII.

Les Affiches , les Caricatures.

JE marche une main à sa place ordinaire : le bras gauche suivant fort en mesure le mouvement de mon corps ; je vois quelques personnes arrêtées devant deux affiches qu'on venoit de placarder. Je mets promptement l'autre main dans la poche gauche , et je me fixe aussi, les yeux élevés , la bouche entr'ouverte ; je lis, imprimé en gros caractères :

Au plus infame, au plus vil et au plus lâche calomniateur, N....

Et je vois, à côté, une autre affiche, en réponse à la première, portant, en mêmes caractères, cette suscription :

Au grand Polisson, N....

Les deux placards étoient remplis d'injures dégoûtantes. Je lus toutes ces sottises, et je fus de l'avis de ceux qui se les adressoient.

G 2

Je continue ma route , et je m'arrête encore, dans mon atti- tude accoutumée, à la porte d'un marchand d'estampes. Qu'y re- gardoit - on ? des caricatures. Avant de partir de ma province, je savois déjà , par les journaux, ce qu'étoient les caricatures ; et ce que j'avois lu autrefois , à leur sujet, me les avoit fait diviser en

Caricatures de goût.
Caricatures de costume.
Caricatures de mœurs.
Caricatures historiques.
Caricatures de partis.
Caricatures de nations ; etc.

Je pourrois en compter encore
beaucoup, si j'y comprenois les

Caricatures agissantes.
Caricatures ambulantes.
Caricatures pensantes.
Caricatures raisonnantes.

Je fais grace des autres au lecteur; il y suppléera en se comptant ou sans se compter.

J'étois persuadé qu'une caricature étoit autant une épigramme
dessinée, qu'une épigramme
étoit une caricature littéraire.
J'y cherchai la pointe, le *vis
acuta*, je ne trouvai de *vis acuta*

G 3

dans aucune ; je me rappelai la pièce de monnoie usée de *Sterne*, et je tournai les talons , persuadé que les Français étoient au-dessus,... non, plutôt au-dessous du ridicule même.

CHAPITRE XIII.

Le Carrick.

CE jeune homme est aussi léger que le char léger qui le soutient, et le léger cheval sans queue et sans oreilles qui l'emporte, . . . et déjà ce jeune homme léger a sauté de son carrick avec légèreté, et m'a légèrement dit, tout d'une haleine, avec une volubilité qui auroit essoufflé un acteur tragique.... Quoi! vous à Paris; c'est, sans contredit, une bonne

foitune pour moi ; j'en sens tout
le prix , je vous jure, et je veux
en profiter. Vous allez monter
dans mon carrick ; il m'a coûté
soixante louis. Mon cheval, la
plus jolie bête de Paris, m'en
coûte cent vingt. Mon ami *Fran-
couy* me l'a vendu pour coureur
anglais. Je mène aussi bien que
le premier jokei d'un pair de la
Grande - Bretagne, et je veux
que vous en jugiez.... Il m'a
poussé dans sa voiture, kt, kt,
kt, kt, kt.... Nous volons.—
Ah! ah! ah! ah! nous allons
verser.... — Soyez tranquille,

kt, kt, kt ; soyez tranquille, je
ne suis encore tombé que cinq
fois. — Oh ! oh ! oh ! oh ! —
Tenez, voyez - vous ces deux
fiacres bourgeois, ils sont fort
près l'un de l'autre ; fort près....
Eh bien ! je veux passer entr'eux,
kt, kt, kt, kt, kt, kt.....—Aye,
aye, aye, aye, je suis broyé :
eh non ! eh non ! nous voilà
passés. . . . J'ai le coup - d'œil
d'une justesse merveilleuse. . . .
Les roues n'étoient pas séparées
par l'épaisseur d'un louis ; je
veux parler de mon adresse ce
soir à un thé, à un bal, à l'opéra,

chez Carchi, à tout Paris enfin,
kt, kt, kt; nous allons aux boulevards, kt, kt, kt. . . . Ah ! *la belle Céphise*, la perfide ! elle m'a *roué* d'une manière sanglante ; il faut que je m'en venge, kt, kt, kt. . . . Cette Céphise arrivoit avec une autre femme dans un wiski qu'elle conduisoit elle-même. Mon étourdi lui laisse prendre l'avance, puis, kt, kt, kt, kt, part comme un trait, tourne rapidement devant son wiski, présente le côté de son carrick et l'arrête. Le cheval de Céphise, qu'elle ne peut retenir, se frappe la tête contre les roues ;

il recule précipitamment ; le wiski est près de verser ; les dames poussent un cri perçant... Kt, kt, kt; enfin, me voilà vengé victorieusement, je l'ai fait arrêter sur place. ... Ah! je ne me devois pas moins. ... Imaginez le tour affreux qu'elle m'a joué. Elle me plaît, je le lui dis, lui plais, elle me le dit; nous le disons à tout Paris : je triomphe, personne n'en doute; elle prend soin d'en instruire l'univers; elle m'affiche enfin. ... Deux jours après elle me prie de la conduire chez un de ses vieux amis ; elle l'appelle ainsi : je lui présente la main , en l'assurant que mon carrick, mes chevaux et mon cœur sont à son service. Nous partons, kt, kt, kt, kt. . . . J'attends deux heures à la porte de son ami. . . . Eh bien! devinez ce que c'est que cet ami ; je vous le donne en dix. . . . Non , non , allez , vous ne devinerez pas, ... cet ami étoit. . . . un amant; je suis roué horriblement , et tout Paris me montre au doigt, kt, kt, kt , kt ,

		a		a
		a		a
	Ga		Ga	
		a a		a
		re.		*re.*

et

et l'homme qu'on apostrophoit
ainsi s'est jeté précipitamment
de côté, et est tombé à la ren-
verse.... Nous le croyons blessé;
nous nous élançons de voiture.
Que puis-je faire ? s'écrie mon
ami, pour réparer,... — mener
plus doucement, répondit cet
homme en se relevant. — Monsieur,...... — si j'étois riche,
je ferois quelque chose pour
vous, jeune homme... --Ose-
rois-je vous demander ?... —
Je vous enverrois mon grand
cocher allemand pour vous en-
seigner à retenir vos chevaux,

H

Adieu,... adieu, aussi, lui dis-je,
je ne veux pas m'exposer à me
broyer la cervelle , et encore
moins à écraser les plus honnêtes gens du monde. Adieu ,—
kt, kt, kt, kt; je vais au bois
de Boulogne. ...

CHAPITRE XIV.

Place de la Révolution.

Et moi je suis sur la place de la Révolution , la tête baissée, le cœur serré.... Je dis, comme Macbeth. ... Il y a du sang.... Victime auguste. ... Victimes de tout rang , de tout sexe , de tout âge , ... on vous accorde à peine aujourd'hui un léger soupir. ... Dans vingt - cinq ans, un monument lugubre....

H 2

Français indifférens , vous gé-
mirez alors. . . . L'éloignement
étend la perspective. . . . Les
siècles , en s'écoulant , agran-
dissent les forfaits.

———————

CHAPITRE XV.

Le palais Bourbon.

C'est là que j'ai passé une partie des beaux jours de mon enfance; c'est là que les plaisirs purs.... N'ayez pas peur, cher lecteur, je vous fais grace du reste de la digression..... Je vois un bâtiment massif et lourd,.... d'assez mauvaise architecture.... On le destine à un de nos conseils.... Il est à-peu-près semblable à une

H 3

forteresse, ... bon, ... mais, ...
où sont les paratonnerres. ....
Je passe sur la place du palais....
M. l'abbé, M. l'abbé, votre
rideau.... Je souris à ce souvenir.

L'an 1788 j'étois un petit abbé
fort risible. .... J'avois douze
ans, quatre pieds deux pouces
de hauteur, et, par-dessus tout
cela, un petit habit noir complet,
un petit collet très-propre, et
un petit manteau qui m'alloit à
ravir ; une petite coëffure bien
bichonnée ; une petite tournure
bien pincée. Vous sentez que ces

petites choses devoient faire de
moi un petit abbé très-plaisant.

C'étoit dans ce petit costume
que je sortois un jour qu'il faisoit le plus beau froid de l'hyver.
Je marchois fort vîte, et je ne me
serois certainement pas arrêté,
si je n'avois entendu crier derrière moi, M. l'abbé, M. l'abbé,
votre rideau....Je me retourne,
et je vois accourir plusieurs femmes, dont l'une, faisant d'un bras
de grands mouvemens, tenoit
à l'extrémité de l'autre, tendu
dans toute sa longueur, le fatal
manteau.... M. l'abbé, votre

rideau. . . . Je le reçus et la remerciai avec beaucoup de politesse. — Mais vois donc, ma
comère, qu'il est gentil ; — tiens,
c'est comme le petit abbé d'Au-
dinot ; — il faut que je l'em-
brasse ; — il faut que nous l'em-
brassions. . . . Finissez , mesdames , dis-je avec dignité , et
je courus de toutes mes forces,
pour ne pas laisser compromettre
ma gravité ecclésiastique. . . .
Ce souvenir me fait encore rire
de bon cœur ; je souhaite que
vous m'imitiez.

CHAPITRE XVI.

Les Soupirs.

ME voilà près de la demeure
de madame L. . . . . Ouf! quel
soupir, ouf, ouf, soupir double.
Comme on doit se rendre compte
de tout ce qu'on éprouve ; il
faut, me dis-je, pendant que je
suis plein de mon sujet : il faut
que je classe les différentes es-
pèces de soupirs.

Depuis que d'Alembert nous
a présenté toutes les connois-

sances humaines en un tableau
de dix-sept pouces de largeur,
sur quarante-deux de hauteur,
on a eu la manie de réduire
toutes les sciences séparément
en tables. Je crois, d'après cela,
qu'il m'est bien permis de mettre
celle de l'amour en tablettes.

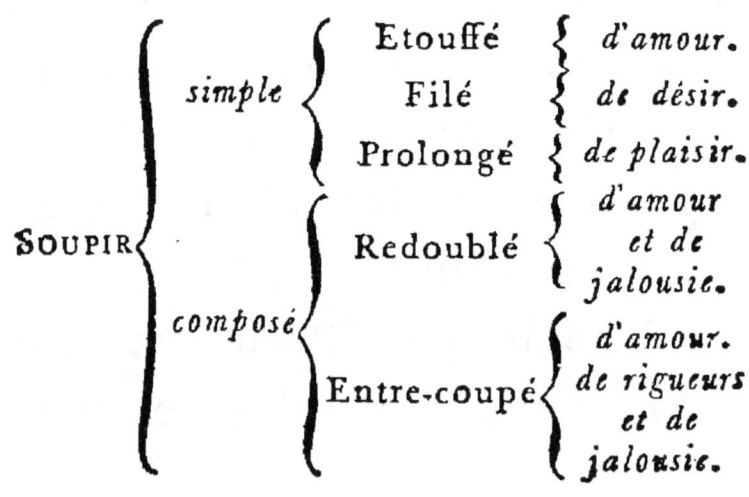

SOUPIR
- simple
  - Etouffé — d'amour.
  - Filé — de désir.
  - Prolongé — de plaisir.
- composé
  - Redoublé — d'amour et de jalousie.
  - Entre-coupé — d'amour. de rigueurs et de jalousie.

Je pourrois aussi classer les soupirs par les couleurs :

Soupirs thé au lait tendre.
Soupirs couleur de rose , etc.

Mais je crains d'en faire naître de noirs , et je me tais.

CHAPITRE XVII.

Visite.

TROIS fois j'ai soulevé le marteau, trois fois je l'ai posé doucement, en accompagnant ces trois
mouvemens de trois soupirs ; le
premier, étouffé ; le second, filé ;
le troisième, prolongé. Enfin,
j'ai relevé le marteau, je l'ai aban-
donné à lui - même ; . . . il est
tombé, . . . la porte s'ouvre. . . .
Madame L. . . . . est-elle visible.

— Votre

— Votre nom. . . . — Mon-
sieur. . . . . . — C'est du plus
loin qu'il me souvienne.— Ouf,
ouf, ouf, ouf. — Faites entrer.
— Madame, . . . je n'aurois pas
voulu, . . . ouf, . . . je me serois
reproché, . . . et je tournois mon
chapeau dans tous les sens. Madame jouissoit de mon embarras. . . . Je ne me pardonnerois
pas, . . . et j'ajoutai, tout d'une
haleine, . . . d'être venu à Paris,
madame, sans avoir eu l'honneur de vous présenter mes respects ; . . . elle sourit. . . . Je
vous sais, monsieur, tout le gré

I

possible de cette visite. . . . La
conversation fut suspendue. . . .
J'ouvrois la bouche pour la reprendre , en lui demandant si
elle savoit quelque nouvelle. . . .
Mais après y avoir réfléchi trois
minutes, je sentis que j'allois
faire une balourdise, et je me
bornai à dire à madame L. . . . .
Votre santé me paroît fort bril-
lante, madame. . . . Je restai stu-
péfait, en l'entendant me répondre sèchement. . . . Vous
vous trompez , monsieur, j'ai
une migraine effroyable , . . . et
la conversation s'arrêta. . . . Je

crus avoir trouvé le moyen de
la renouer. . . . Madame , je
me rappelle toujours avec dé-
lices, que, pendant votre séjour
à . . . . vous eûtes pour moi des
bontés. . . .—Qu'entendez-vous,
monsieur, par des bontés ?. . .
et la conversation tomba tout-
à-plat. . . . Je rougis comme un
écolier ; . . . je me recueillis un
instant, . . . et dis ensuite avec
rapidité : . . . des bontés. . . .
Ah ! madame, n'étoit - ce pas
m'en accabler, que de pardonner
à ma timidité ? — Votre ti-mi-
di-té , répéta-t-elle en souriant

avec malice , — de me permettre
de vous aimer, de vous le dire....
J'étois à ses genoux , je lui bai-
sois la main. . . .— Votre timidité , s'écria-t-elle vivement....
Relevez-vous , monsieur, ajouta-
t-elle bien doucement. . . . Relevez-vous , . . . songez que je
suis épouse , ... et que je connois
mes devoirs : ... des devoirs....
Chose particulière ; toutes les
fois que j'entends prononcer à
une femme ce mot : . . . des devoirs , . . . je ne trouve point de
réponse , je reste muet. . . . Je
n'attribue pas cela à ma timidité ,

car elle m'a quelquefois très-bien servi. . . . Je suis encore un peu fier, quand je me rappelle que cette timidité a forcé deux femmes, qui, à la vérité, n'étoient ni jeunes, ni jolies, à me faire appercevoir que je pouvois les aimer. . . . Je me relevai plus embarrassé qu'avant. Elle le remarqua. . . . — Monsieur, oublions le passé. — Eh! le pourrois-je, madame. . . . Un souvenir si cher. . . . — Vous parlez avec chaleur, monsieur. . . . — Ah! si je sentois moins. . . — Mon mari se dispose aujourd'hui à

partir pour ses terres. Vous re-
verrai-je, dit-elle légèrement en
se levant. — L'instant qui me
rapproche de vous.....— Allons,
allons, point de fadeurs. . . . Je
vais ce soir au concert Feydeau.
— Aurai-je l'honneur...—J'ac-
cepte votre bras, vous pourrez
m'y trouver à neuf heures. . . .
Elle sonna, et je la saluai.

CHAPITRE XVIII.

Mes réflexions.

Ou, ou, ou, ouf, me dis-je, en poussant un soupir prolongé ; cette femme là a fait une belle défense.... Cependant, cependant.... Allons, taisez - vous, fat.

CHAPITRE XIX.

Le plan d'une journée de Paris.

TAC, . . . mon sang se porte avec abondance vers le cœur. J'ai une idée, une excellente idée ; . . . volons chez nos amis de collège. . . . Mes amis, mes bons amis, si vous saviez ce que j'ai vu, ce que j'ai entendu, ce que j'ai senti, et ce que je veux faire. — Eh bien ! que veux-tu faire ? — un livre, dis-je en me rengorgeant. — Ah ! diable, un

livre ; et quel en est le sujet, le
titre ? — Le sujet, mes aventures : et le titre, *une Journée de
Paris.* — Quel sera le ton , le
style ? — Tous les tons, . . . le
style. . . . coupé ; . . . c'est-à-
dire, que lorsque je ne pourrai
pas finir une phrase , je sup-
pléerai aux mots qui manqueront
par une douzaine de points, ...
des tirets , — — — — des ex-
clamations , ah ! eh ! oh ! . . . et
puis je ferai beaucoup d'apos-
trophes au lecteur. — Tu vas
donc écrire dans le genre sentimental ?-- oui ; tu te feras appeler

singe de *Sterne*. -- Je m'y attends ;
mais j'aime tellement cet excel-
lent homme et ses ouvrages, que
je m'honorerai de servir à re-
hausser sa gloire. -- C'est beau !...
fort beau !... Mais, as-tu un
plan de fait ? -- Je n'ai qu'à écrire
dans l'ordre où j'ai tout vu et
tout senti. -- Mais, as-tu tout ce
qui fait partie d'un voyage sentimental ? -- Quoi ! par exemple,
-- une scène où les animaux
jouent un rôle comme dans les
délicieux chapitres de *Sterne* ;
l'âne mort ; le pauvre et son
chien ; la chèvre de Juliette ;

l'homme au mouton de *Vernes.*
-- J'ai une scène de chevaux. --
Mais, as-tu, as-tu une folle par
amour. -- Elle l'est par amour
conjugal, la mienne, et si j'avois
le talent de la peindre comme je
l'ai vue, je la rendrois bien inté-
ressante. -- Il suffit : ton histoire
est écrite ; -- pas encore. . . . --
Veux-tu un billet de Lycée, il y
a séance aujourd'hui ? -- Avec
plaisir, . . . j'y vole.

CHAPITRE XX.

Le Lycée des Arts.

Bron, bron , bron , bron ,
bron , bron , bron , ... un
concert ; . . . puis une mâchoire
s'ouvre , et il en sort une voix
et ces mots : . . . Citoyens , la
séance est commencée ;

Citoyens,

On a construit , en Angle-
terre, une machine susceptible de
hacher quinze milliers de percil

en

en une heure. . . . Eh bien ! citoyens , . . . le génie des arts a plané sur la France , et je vous annonce , avec la satisfaction la plus vive , que nous possédons dans notre sein l'auteur d'une découverte bien plus intéres- sante encore. . . . Oui, citoyens, nous allons *couronner* l'inven- teur d'une machine qui peut couper , citoyens , vingt - cinq mille alumettes par jour. . . .

Cla , cla , cla , cla , cla , cla.
Couronnons, couronnons, couronnons donc.
Bron , bron , bron , bron , bron.

K

Nous allons *couronner* un or-
fèvre, citoyens ; . . . il soude
assez gentiment l'argent.

Nous allons *couronner* un
émailliste ; . . . il travaille fort
proprement.

Cla, cla, cla, cla, cla, cla.
Couronnez, couronnez, couronnez
donc.
Bron, bron, bron, bron, bron.

Une jeune personne s'assied
avec grace auprès d'une harpe,
et en tire des sons ravissans.
J'allois me réconcilier avec le
Lycée, si je n'avois entendu.....

Nous allons couronner, . . . citoyens, un citoyen qui, à l'armée, citoyens, en présence de
l'ennemi, citoyens, avec son
coûteau, citoyens, avec son
seul coûteau, a fait, citoyens,
ce superbe forté-piano, citoyens
vertical. Une femme s'approche
de l'instrument, prélude, et. . . .
admirez l'effet... Chaque membre
de l'auditoire, chaque académi-
cien du Lycée; les musiciens,
les secrétaires; le président lui-
même, par un mouvement spon-
tané, élèvent perpendiculaire-
ment les deux index, les éten-

dent ensuite horisontalement,
et se les insèrent dans les oreilles.
La musicienne quitte le clavier,
les touches, et imite son sourd
auditoire, qui reste cinq minutes dans la même situation....
C'est égal, citoyens, c'est égal,
s'écrie généreusement le président, qui déplaçoit cependant
avec circonspection ses deux
doigts ; *nous allons toujours couronner.* ... A cette menace, je
tremblai que mon tour ne vînt
d'être *couronné* ; je m'enfuis par
modestie et par respect pour les
couronnes.

A quatre pas du Lycée, j'avois
presque oublié qu'il existât au
monde une société savante qui
se chargeoit de gronder les enfans le matin, d'ennuyer à midi
les hommes faits , et de faire
danser les jeunes filles le soir.

CHAPITRE XXI.

Le Restaurateur.

Il est deux heures, et mon provincial appétit m'avertit qu'il faut songer à dîner, sans me permettre de lui représenter qu'il est par trop bourgeois de manger avant quatre heures, et de lui faire sentir qu'on ne dîne pas décemment, si on ne le fait en même-tems que les agioteurs, les scribes, les maîtres des sciences et des arts de tous les genres, les joueurs et les escrocs qui, sortant à cette heure de leurs comptoirs , tripots et coupe-gorges , viennent peupler les salles de restaurateur.

C'est depuis deux jusqu'à trois heures que se font , dans toute l'étendue de Paris , les dîners les moins indigestes.

J'entre chez un restaurateur, demande la carte et m'assieds. N'ayant rien de mieux à faire pendant mon repas , je m'occupai à étudier les physionomies de mes convives. Le souvenir de *Sterne* me conduisit naturellement à cette observation. *Sterne*, me disois-je, a écrit l'histoire du cœur humain par les gestes ou les signes extérieurs du plaisir et de la douleur. . . . Un auteur estimable, aussi original dans son genre que l'est *Sterne* dans le sien, *Lavater* a cru pouvoir juger du caractère d'un homme par sa physionomie, même dans son état de repos. Il a donné les principes de cette connoissance précieuse, et a réussi plusieurs fois à en prouver la justesse. . . . Je tâchai de m'en rappeler quelques-uns; et pour en faire l'application aux figures que j'avois sous les yeux, je me mis à considérer attentivement les personnes qui m'environnoient.

Cet homme, me dis-je, a tous les caractères de l'honnêteté et de la bonté, ou il fait mentir bien impertinemment Lavater... et moi... Aucunes rides sur son front;... les yeux fixes, mais doux,... et puis.... et puis la lèvre supérieure un peu élevée... Ah! c'est un homme honnête et bon.... Cet autre, au front ridé,... son œil inquiet se cache sous un sourcil épais;... il ne

regarde qu'à la dérobée,.. et...
sa lèvre inférieure est plus élevée
que la supérieure.... Allons,
cet homme est un M..... Permettez-moi, respectable *Lavater*,
de douter un instant de l'infail-
libilité de vos principes. J'aime
mieux m'égayer avec *Sterne* que
de m'affliger en formant de tristes
conjectures.

Ce jeune homme a l'air dis-
trait, qui se ronge l'ongle du
pouce de la main gauche, et
qui, de la droite, imite l'action
d'écrire, est, je n'en doute pas,
un poète.

Cet autre , d'une figure insig-
nifiante , qui casse son pain ,
tient sa fourchette et.la porte à
sa bouche avec un risible étalage
de graces ; qui , par-dessous la
table , porte son pied tantôt ici
et tantôt là , doit nécessairement
être un maître de danse. — Ah !
voilà surement un chef de bureau du ministre des finances :
voyez comme il a l'air occupé ,
comme il incline le corps en
avant ; comme il courbe la tête ;
comme il étend les bras , en les
arrondissant ensuite ; et comme
toute son attitude vous dit clai-

rement; . . . pas possible, absolument pas possible ; cela ne
dépend pas de moi.

Ce monsieur, qui repose son
front entre le pouce et l'index de
la main gauche, qui est environné
de plusieurs porte-feuilles remplis
de traites, de billets et de lettres-
de-change, ce monsieur est un
gros spéculateur. Il calcule, dans
ce moment, combien cent cin-
quante-quatre livres dix-neuf sols
trois deniers, qu'il a prêtés, à
douze pour cent par mois, lui
rapporteront dans six semaines,
avec les intérêts des intérêts. . . .

Monsieur,

Monsieur, dit un garçon à la personne que j'avois jugé si honnête : vous n'oublierez pas cette caraffe ; et il en montroit une que l'homme au front ridé avoit cassée , et placee ensuite près de lui. . . . Monsieur, répondit l'homme honnête, je ne crois pas avoir cassé cette caraffe. . . . Si vous l'exigez, . . . cependant ; . . . mais, ajouta-t-il d'un ton de voix déchirant ; je suis forcé de vous avouer que je ne pourrai pas payer mon dîner : . . . il avoit à peine commencé à manger. On avoit remarqué le mouvement de

L

l'homme au front ridé ; il est hué et chassé. Le restaurateur appelle un de ses garçons, et dit, en lui montrant l'homme honnête : ouvrez un mémoire au compte de monsieur ; il s'approche de lui : vous le grossirez, j'espère.. J'aurois voulu, dans ce moment, être le restaurateur. Je sentois toute la délicatesse qu'il avoit mis à rendre service. . . . . La reconnoissance de l'homme honnête, . . . je la peindrois, mais on la devine ; . . . je peindrois aussi quelques autres personnages, mais il est trois heures, et j'ai dîné.

CHAPITRE XXII.

Fragment historique.

Restez là, cher lecteur, restez là. . . . Ne me suivez pas, j'entre seul, j'en achète le droit. . . . Un petit papier; . . . c'est un fragment historique; . . . lisons-le, . . . et nous verrons après si nous pouvons le dérober à son emploi.

Et M. F. . . . . . . vit mademoiselle G. . . . . . . et l'aima, et M. F. . . . . . . et mademoiselle

G..... s'aimèrent et s'épou-
sèrent , et M. F..... étoit in-
constant, et mademoiselle G....
étoit jalouse , et mademoiselle
G. . . . devenue madame F. . . .
se plaignit, et M. F.... en rit,
et madame F. . . . qui a du caractère , donna un soufflet à
M. F.... et M. F.... se fâcha
tout rouge; et madame F.... de-
manda la séparation, et M. F....
accorda la séparation.

On fit dresser l'acte de séparation ; on le consentit ; on le
signa ; on partagea les biens
meubles et immeubles ; on se

disputa ; on se fit des complimens ; on s'adressa des choses
honnêtes ; on s'arracha réciproquement des bijoux qu'on savoit
devoir se convenir, et on se dit
galamment qu'on se les offriroit
l'an prochain , comme on offre
à un amant, comme on offre
à une maîtresse. On divorça ,
enfin.

Alors madame F.... s'ennuya
à P. ... alors elle fit venir des
chevaux de poste ; alors elle
monta dans sa grande berline
de voyage ; alors elle se disposa
à retourner en E...... alors

elle se prépara à rentrer dans le comptoir de monsieur son père.

Mais madame F.... n'aimoit pas la nation E....mais madame F.... croyoit les E.... moins aimables et moins galans que les F.... mais madame F.... n'alla que jusqu'aux frontières d'E.... mais madame F.... resta en F.... sans y être forcée.

Dans ce tems là, beaucoup d'honnêtes gens en sortoient; dans ce tems là madame F..... y demeura; dans ce tems là, elle alla à B..... dans ce tems là, T..... faisoit trembler la ville

de B.... dans ce tems là, T....
devint amoureux de madame
F.... dans ce tems là, madame
F.... fit un bon usage de son
empire sur T.... dans ce tems
là T.... étoit sauvage; dans
ce tems là, madame F.... l'ap-
privoisa; dans ce tems là, T....
étoit féroce; dans ce tems là,
madamè F.... le musela.

Il vint à P.... elle vint à
P.... il fit parler son amour;
elle écouta son amour;...il....
et elle....

Cependant T.... fit om-
brage à R.... cependant R....

menaça T.... cependant madame F.... fut arrêtée ; cependant elle fut jetée dans une
prison ; cependant R.... lui
fit proposer de signer une dé-
nonciation contre T.... cependant madame F.... qui a du
caractère , refusa de dénoncer
T.... cependant elle dit qu'elle
aimoit mieux mourir.

A cette époque R.... fut puni ;
à cette époque, T.... triompha ;
à cette époque, madame F....
sortit de prison ; à cette époque,
madame F.... fit un enfant ; à
cette époque, elle en épousa le

père ; à cette époque, madame
F.... devint madame T....

Depuis ce moment, madame
T.... brilla; depuis ce moment,
madame T.... porta des robes
à l'antique; depuis ce moment,
elle se couvrit de diamans; depuis ce moment, elle fit les
beaux bras.

Enfin, madame T.... a eu
de petits retours à l'honnêteté ;
enfin, elle a menacé T.... de
le quitter; enfin, elle le quittera ;
enfin, elle divorcera; enfin, elle
aura épousé M. F.... elle aura
divorcé avec M. F.... elle aura

épousé M. T. . . . elle aura divorcé avec M. T. . . .

Il arrivera qu'elle épousera
M. A. . . . il arrivera qu'elle
épousera M. B. . . . qu'elle
épousera M. C. . . . qu'elle
épousera M. D. . . . qu'elle
épousera M. E. . . . il arrivera
qu'elle épousera l'alphabet , et
qu'elle divorcera avec l'alphabet.

Imitez-moi, cher lecteur , et
vous ferez plusieurs fragmens
d'un seul.

CHAPITRE XXIII.

Le sallon des échecs.

LA ville où je suis né, ci-devant capitale de province, maintenant chef-lieu de département, est distante, si je ne me suis pas trompé, en comptant les millésimes, ou kiliomètres, est distante, dis-je, de trente lieues de Paris. Elle est en possession, depuis le retour de Cristophe Colomb, de raffiner le sucre le plus solide des quatre parties du

monde. Je n'assignerai pas avec
autant de précision l'époque à
laquelle on y fabriqua la première paire de bas et le premier
bonnet de laine. Ce dont seulement il n'est pas permis de
douter, c'est que l'on fut alors
fort content de l'industrie de
nos bons aïeux, et que, depuis
ce moment, les manufacturiers
de ma patrie chaussent les habitans de la Beauce et pays cir-
convoisins, et coëffent les sujets
de sa hautesse. J'ajouterai encore, à sa louange, que les
productions de son vignoble
flattent

flattent assez le goût, pour que
les bons Parisiens aient la complaisance de les honorer, en
buvant à la santé des quatre-
vingt-dix-sept départemens, du
nom glorieux de vin de Mâcon,
de Beaune, etc. L'*Univers saura*,
de plus, qu'elle est la ville du
monde où l'on peut raisonner
plus pertinemment sur la valeur
d'un sou, et sa division en
quatre fois trois deniers. Parmi
les cinquante mille personnes
qui l'habitent, *intrà et extrà
muros*, j'en connois trois qui
ont ajouté à la grande réputation

M

de sagesse et de jugement,
qu'elles méritoient déjà, en
jouant aux échecs. Je voulus
diminuer un peu l'idée qu'on
avoit attaché à la légèreté de
mon caractère. Je m'assis auprès
d'un échiquier, en face d'une
des têtes les mieux organisées
du département, et je fis mou-
voir mes pièces suivant leur
marche respective. Je perdis
d'abord, je perdis ensuite,
je perdis encore, puis, ...
puis je gagnai, et mon adver-
versaire me dit, en se pinçant
le nez : . . . c'est singulier, je

jouois mieux que cela au café
de la régence.... — Vous avez
donc joué au café de la régence ?
— oui , monsieur, et dans les
beaux jours de Philidor encore.
—Ah ! . . . ah ! . . . — et j'étois
de la onzième force ; — peste !
— et je savois par cœur les
deux mille trois cent quarante-
quatre parties et leurs variantes
qui sont renfermées dans le jeu
des échecs. — Diable , monsieur , . . . depuis ce moment ,
je désirai , avec toute l'ardeur
de mon âge , connoître les dix
classes de joueurs d'échecs supé-

rieures à celui qui m'avoit fait *mat* tant de fois.

Je me présentai au café de la régence ; les habitués de l'échiquier l'avoient quitté, et s'étoient établis en face de ce même café. Je lus, au-dessus de la porte : *Sallon des échecs.* Je tressaillis de joie, et je me précipitai étourdiment dans cette auguste enceinte.... Chut, chut, chut, chut, entendis - je de toutes parts. ... Un grand monsieur me dit, à voix basse. ... Jeune homme, on n'entre pas en courant dans le sallon des échecs, ...

sur - tout lorsque *Léger* fait sa partie. — Qu'est-ce que *Léger* ? — En me faisant cette question, vous me prouvez que vous n'êtes pas joueur d'échecs ? — J'arrive de province, . . . et je ne sais que la marche. — A la bonne heure. — Eh bien ! — cet homme qui prend quatre prises de tabac à la minute, qui en couvre sa cravatte, sa veste, sa culotte et l'échiquier, qui tourne la mâchoire de tems en tems, cet homme est le fameux *Léger*, le successeur de Philidor. . . . Il cède un pion à ce sexagénaire et

M 3

le gagne. Cependant nous con-
cevons de son partenaire de
grandes espérances, et moi,
personnellement, je parierois
ma reine contre votre fou,...
qu'avant quatre ans il pourra
jouer à but avec *Léger*.... oui,
ce fameux *Léger*.... Ce petit
homme en habit gris, un peu
rapé, et en culotte noire, devenue jaune, qui, placé derrière eux, suit leur partie en
haussant les épaules, est *Carlier*,
l'antagoniste, le rival de *Léger;*
ils ont joué dix ans ensemble,
et, pendant ces dix ans, ils n'ont

fait que des parties nulles.....
Enfin, il y a six mois que *Léger*
en gagna une; ... *Carlier* prit
sa revanche le lendemain. ....
Depuis ce moment, ils respectent assez leur réputation; ils
se respectent assez eux-mêmes
pour ne plus jouer l'un contre
l'autre,.... et puis il y a eu des
propos.... Des gens mal in-
tentionnés ont rapporté à *Carlier*
que *Léger* s'étoit vanté de lui
céder le *trait*.... Oh! si nous
n'avions étouffé l'affaire, elle
auroit eu des suites,... mais elle
s'est fort bien passée; quoique,

depuis ce tems, ils ne se parlent jamais.

Je m'approchai de la table de *Léger* ; il parcouroit du doigt toutes les cases de l'échiquier l'une après l'autre, et disoit à son adversaire : Monsieur, vous avez , . . . vous avez , . . . vous avez , . . . vous avez mal joué ? J'ai joué , répondit l'autre , j'ai joué , . . . j'ai joué , . . . j'ai joué le jeu ? — Vous ne l'avez pas joué , . . . vous ne l'avez pas joué ? . . . et la preuve ; . . . et la preuve ; c'est que vous êtes *mat* ? . . . Ah , mon dieu ! s'écria

douloureusement l'autre, en faisant, d'un coup de poing, voler
les échecs à la tête des assis-
tans. . . . Au reste, je m'y atten-
dois ; . . . je le prévoyois. Vous
perdiez, monsieur, si, au troisième coup, j'avois fait avancer
de deux pas le pion de la tour ; . . .
si, au sixième coup, j'avois cou-
vert mon roi par le fou de la
reine ; . . . si, tout-à-l'heure,
j'avois donné échec à votre roi
par mon cavalier ; et si. . . . Je
n'entendis pas le reste de ces
si ; . . . je m'en allai, en songeant
à la nouvelle espèce d'hommes

que je venois de voir. Elle forme
un peuple isolé au milieu du
peuple...... Un joueur d'échecs
ne s'occupe point des nouvelles
de la guerre. Quand on mène
bien une partie d'échecs, on
commande bien une armée.....
Des nouvelles politiques,... qui
sait conduire son jeu, sait gou-
verner un état.... De ses affaires
personnelles,... qui joue aux
échecs, est au-dessus des détails
du ménage.

CHAPITRE XXIV.

Le Rentier.

JE passois sur la place du Mu-
séum ; je me rappelai tout-à-
coup le voyage autour de ma
chambre de X. . . . . . . Voilà, me
disois-je, une belle occasion de
faire un voyage pittoresque et
sentimental. A la faveur de ton
passe-port, tu peux entrer là ,
étudier les tableaux qui y sont
déposés , en rendre compte ,
bon gré mal gré, au lecteur, et

ajouter un volume à ton plat
ouvrage.... Bah ! le lecteur peut
voir les tableaux aussi bien que
moi, et les juger mieux. . . . Je
continue de marcher. Une foule
nombreuse attire mes regards.
Quoique persuadé qu'il ne s'agis-
soit pas moins que d'une querelle d'enfans., ou d'un serin
envolé, je me joins machina-
lement, comme c'est l'ordinaire,
à ceux qui alloient grossir le
nombre des curieux. J'interroge
à droite et à gauche ; une femme
âgée parloit : je prête l'oreille....
Il venoit, depuis un an, tous

les

les jours, à sept heures du
matin; . . . il restoit debout,
près de la muraille, la tête baissée et le chapeau à la main. . . .
Comme il ne demandoit jamais,
on lui donnoit rarement. . . . Le
soir, sa fille, qui est un enfant
bien joli et bien aimable, venoit
lui donner le bras et le conduire
chez lui. . . . . Je les connois tous
deux, moi, je demeure ici dans
la même maison, sur le même
pallier. . . . Le père et la fille
n'ont pas toujours été aussi malheureux. . . . Autrefois ils avoient
quatre mille livres de rente au

N

moins , et c'étoient de bien honnêtes gens encore ; . . . mais ils
ont été ruinés comme bien d'autres honnêtes gens. . . . Eh bien !
lui criai-je, intéressé par ce récit.
Eh bien ! monsieur , il ne leur
est rien resté. . . . Le père , qui
sait ce que c'est que la vertu , n'a
pas voulu se séparer de sa fille ;...
il a mieux aimé mendier, monsieur. La pauvre petite travailloit
toute la journée dans sa chambre, pendant que le père atten-
doit ici quelques secours des
ames charitables. — Eh bien !
que lui est-il arrivé? — Est-il

possible d'être si heureux que
cela, et si malheureux en même-
tems. — Au fait, au fait. — Eh
bien ! au fait, m'y voilà au fait...
Quelqu'un passe et met dans son
chapeau une pièce de monnoie
plus forte que celle qu'il reçoit
ordinairement. Il veut remercier
l'homme qui lui donne cette au-
mône; il lève la tête; il reconnoît
son ami qu'il n'avoit pas vu depuis long-tems. Son ami l'em-
brasse en pleurant ; . . . il ne
pouvoit pas pleurer, lui ; . . . il
lui dit qu'il est riche à présent,
qu'il n'est plus obligé de se

cacher, et qu'il vient pour par-
tager sa fortune avec lui. Le voilà
bien heureux maintenant, mais
il ne le sera pas long-tems. . . .
Vous pouvez bien voir vous-
même le reste à présent ; elle
s'en alla en s'essuyant les yeux.
Pendant le discours de la vieille,
j'avois fixé mes regards tour-à-
tour sur elle et sur l'homme dont
elle me parloit. . . . Il étoit debout ; . . . les nerfs dans une
violente contraction ; la tête,
droite ; les sourcils élevés ; les
yeux égarés ; la bouche ouverte,
respirant à peine ; rougissant

et pâlissant successivement. Un
vieillard éploré lui disoit : . . .
Je suis riche, à présent, tout ce
que je possède est à vous. . . .
Ah ! monsieur, lui criai-je,
vous assassinez votre ami. Une
jeune personne, dans le plus
grand désordre, accourt ; . . . elle
veut se jeter dans ses bras ; on
la retient. Son père lui prend
la main, saisit celle de son ami,
les serre toutes deux avec un
mouvement convulsif ; . . . il
rougit ; . . . il pâlit ; . . . les
muscles de sa bouche s'étendent, . . . se resserrent, . . .

N 3

s'étendent encore ;... il sourit ;... il expire... Son ami , . . . il vient de lui porter le coup de la mort... Sa fille. . . . Son bienfaiteur est l'assassin de son père.

————————————

CHAPITRE XXV.

Le Duel.

L'ESPRIT et le cœur remplis de cette scène funeste, je rentre chez moi ; après les douloureuses réflexions, que vous faites comme moi, je me rappelai une affaire dont je n'ai point encore fait confidence au lecteur.

Dans mes courses du matin, j'avois pris querelle avec un jeune homme pour un sujet fort léger. Nous nous étions donnés réciproquement nos adresses et rendez-vous. Le cœur me battoit un peu , et j'en appelle au plus brave; à moins d'être un spadassin , il conviendra qu'il ne s'est jamais trouvé dans une situation semblable sans éprouver quelqu'émotion. Je réfléchissois à cette affaire et à ses suites , et je me promenois assez agité dans mon appartement, lorsque j'apperçois une araignée , s'efforçant d'arracher de ses toiles un foible moucheron. Tous deux font des efforts violens : je délivre la mouche et éloigne l'arai-

gnée. Tout-à-coup je me dis :
l'idée seule de la destruction de
cet insecte te fait horreur, et
tu ne crains pas de t'exposer à
verser le sang de ton semblable !..
Allons, faisons les premières de-
marches.... Je sors, en songeant
à l'exemple de bienveillance uni-
verselle que nous donne l'*oncle
Tobie*. Un insecte le tourmen-
toit; il le saisit, ouvrit une fe-
nêtre et lui rendit la liberté, en
lui disant : . . . Va, va-t'en,
petit animal, le monde est assez
grand pour que toi et moi puis-
sions y vivre à l'aise.

Je rencontrai mon adversaire.
— Etes-vous bien décidé à vous
battre? lui dis-je le premier. —
J'allois chez vous pour avouer
mes torts ? — J'allois chez vous
pour convenir de ma vivacité....
Nous ne nous accusâmes de lâ-
cheté ni l'un ni l'autre ; nous
nous estimâmes ; et, depuis ce
moment, nous nous sommes
liés d'une manière particulière.

Je devois cette leçon d'hu-
manité et de véritable honneur à
deux insectes.

CHAPITRE XXVI.

Le Dentiste.

AYE, aye, aye ! cette dent me fait cruellemeut souffrir ! ... Allons, il faut nous en débarrasser, la faire arracher..... J'entre chez M. D.... autrefois dentiste de la reine. M. D.... dis-je à un domestique, peut-il m'enlever dans le plus bref délai une dent qui me martyrise ? — Monsieur D...! Monsieur est malade.... Je vais savoir de lui, cependant. . . . — Allez-y promptement. . . . Il revient. . . . M. D. . . . monsieur, m'a chargé de vous dire qu'il étoit disposé à faire tout ce qui pouvoit vous être agréable. A ce titre, je passai de l'anti-chambre dans un fort beau sallon, du sallon dans une chambre à coucher richement meublée. — Hélas! me dis-je à moi-même, tu vas être obligé de payer bien cher tous ces beaux meubles, cette aiguière et cette cuvette d'argent, ce superbe fauteuil de velours, son élégance, sa dorure, et la complaisance de M. D. . . .

M. D.... qui veut bien, malgré sa maladie, t'arracher cette maudite dent.

Monsieur, me dit une vieille dame qui avoit des dents encore assez fraîches pour que je crusse qu'elle venoit de les acheter : Comment, à votre âge, pouvez-vous faire si facilement le sacrifice de?... Madame, lui répondis-je d'un ton un peu brusque, en l'interrompant : Je me ferois arracher la mâchoire si la mâchoire entière me faisoit souffrir.

Je m'assieds : M. D..... me met un doigt dans la bouche, y

O

place ensuite le davier.... **Crac,**
ma dent est cassée !... Je souffre
comme un damné. . . . J'aurois
donné tout au monde pour pouvoir dire, ouf ! et jurer ; mais **il**
eût été par trop provincial **de**
se plaindre de mal-adresse **de**
M. D..... dentiste de la reine.
Crac !... il a donné un **second**
coup de davier, mes souffrances
ont redoublées, la dent n'est
pas arrachée. Il se sert de quatre
instrumens l'un après l'autre....
Le domestique me présente l'aiguière, la cuvette, un gobelet
de vermeil. Je me lave la bouche,

je donne à M. D.... une somme avec laquelle j'aurais pu me faire arracher dix dents à un quatrième étage ; je m'enfuis pour soupirer à mon aise dans la rue. Le domestique m'attend à la porte de l'anti-chambre ; il me l'ouvre avec tant de politesse, il me salue si respectueusement, que,... que je suis reconnoissant. Au bas de l'escalier, je m'apperçois qu'une partie de la dent est restée dans la gencive ; je me garde bien de faire à M. D..... l'injure de le prier d'en enlever au moins une toute

O 3

entière en sa vie. Je prends sur
ma manche une grosse épingle,
je fais le reste de la besogne, en
me promettant bien de ne plus
confier ma mâchoire à un dentiste au premier étage.

CHAPITRE XXVII.

Le Thé.

En consultant encore mon calepin, je vis que j'étois chargé
d'une commission pour un de
ces enrichis de province, dont la
fortune fut si rapide, qu'ils en
sont eux - mêmes étourdis. Je
passe devant son *hôtel*; j'entre....
Monsieur étoit absent ; je pouvois parler à madame, qui entend les affaires aussi-bien que
monsieur, vu qu'elle n'a fait

que passer du petit au grand.... Je me fais annoncer.... Madame étoit étendue sur son sopha, un livre à sa main. . . . Je sus depuis que ce livre étoit l'*Opération des Changes, par Ruelle.* . . . Je fais une révérence, j'expose ma commission.——Picard, donnez un siége à monsieur. Eh bien ! vous n'connoissiez pas not' maison ; faut que j'vous fasse voir ça : vous savez c' que c'est, vous. J'ai toujours entendu dire, pendant qu' vous n'étiez pas pus haut qu' ça, . . . et elle éleva la main d'un pied et demi, . . .

qu'vous n'étiez pas bête. Je la
remerciai du compliment.... Oh!
c'est vrai ça , moi, je les dis par
où je les attrape ; je suis toujours
comme auparavant , toute sans
façons, toute ronde. V'nez , v'nez
avec moi.... Voyez-vous ce beau
lit ? on dit que c'est du lampas....
Et mon écrin , donc : c'est une
rivière de diamans, au moins ,
ça !... C'est mon mari qui m'en
a fait cadeau. Il est un peu lesse
à présent , mon mari.... Il a
deux maîtresses en ville ; moi,
ça n'me fait rien du tout, telle
q'vous me voyez , ça n'me fait

rien du tout. Est - ce qu'une
femme prend garde à ça à Paris!
c'est pas comme en province....
Vous direz chez nous q'vous
avez vu tout ça. ... Je me le
promis bien. Je voulus prendre
congé d'elle.... Oh ! vous n'vous
en irez pas , vous n'vous en irez
pas : vous prendrez une tasse
de thé avec nous. . . . . Mes
bonnes amies vont venir : j'en ai
beaucoup à présent, de bonnes
amies !... elles vont arriver tout-
à-l'heure : j'leur donne *un thé*....
On annonce mesdames N. . . .
N. . . . N. . . . Entrez , entrez,

mesdames, leur crie la maîtresse de la maison. . . . Pardi ! vous avez été ben longues à votre toilette ; j' m'ennuyois en vous attendant. . . . La bonne figure que je faisois là ! je m'en con-solois en regardant ces femmes, dont deux étoient habillées à la grecque ; la troisième, fort dé-cemment vêtue, me parut être une de ces femmes de l'ancien régime, qui sacrifient l'honneur à la vanité.

On sert le thé sur une table consacrée à cet usage. . . . Un jeune homme entre avec fracas ;

je crus qu'il sortoit de la bou-
tique de monsieur son père. —
Eh bien! mesdames, vous n'avez
donc pas été à Longchamp? —
Il devoit être mal composé aujourd'hui. . . . Raison de plus
pour vous y trouver, dis-je entre
mes dents. . . . — Et puis, ajouta
la maîtresse de la maison, il n'y
avoit q' des fiaques. . . . Quelles
nouvelles, dit une autre dame ?
— Il y a un dîner chez madame
Duricour. — Non, ce n'est pas
un dîner, c'est un thé. . . . Une
pause. . . . — Il n'y a pas d'autres nouvelles? — Il y a eu trois

chûtes au bois de Boulogne. —
J' sais ça. C' te pauv' petite madame Lestoc s'est.... s'est....
elle fait un mouvement d'é-
paule.... s'est démanché le bras.
— C'est dommage. — Avoit-
elle sa robe jaune, de mousse-
line, de quarante louis, avec des
paillettes d'or? — Oui. — Ah !
ah ! elle ne la portera pas deux
fois.... — Est-ce que cela se
fait, ma bonne amie, répondit
une grecque ? — Ça ne se blan-
chit donc pas? — Non, ma chère
amie.... Je pris congé de la
société : j'en avais assez vu et

assez entendu. — Vous revien-
drez nous voir? — J'y suis trop
intéressé.... — Il n'est pas encore formé, ce jeune homme-
là.... Mais s'il restoit à Paris....
J'ai l'honneur de vous présenter
mes respects. ... Je me sauve....

CHAPITRE

CHAPITRE XXVIII.

Le Palais-Royal.

Qu'y vois-je ! des oisifs de toute espèce, des marchands oisifs, des promeneurs oisifs. Les filles et les filoux seuls y ont quelqu'activité. J'étois, dans ce moment, assez oisif moi-même pour en faire deux fois le tour. Je rencontrai une jeune personne appuyée sur le bras d'une vieille femme. Sa figure respiroit la douceur et la modestie. Je ne

P

doutai pas cependant que ce ne
fût une victime de la prostitu-
tion. Malgré cela, comme je
cherche des anecdotes et des
histoires par-tout, je me déter-
minai à l'aborder. Quel prix,
lui dis-je en touchant sa coëffure,
quel prix mettez-vous à ce pa-
nache?... Elle sourit, me re-
garda en dessous, et rougit....
Oh, oh ! dis-je, c'est singulier.
Je lui pris la main, elle serra la
mienne ; nous passâmes dans le
jardin. —Eh bien ! —Eh bien !...
Trois soupirs et un silence. —
Vous ne me paroissez pas faite

pour l'état que vous exercez.
— Il est vrai.... Un soupir....
Pourrois-je connoître la suite
d'événemens qui vous a forcée
de le prendre ?... J'appartiens à
des parens injustes qui ont con-
trarié mon amour.... — Oh!
votre histoire ressemble à celles
de toutes les autres.... Tenez,
voilà ma rétribution.... Bon
soir.

CHAPITRE XXIX.

La bonne Compagnie.

Un de mes amis de collége m'avoit proposé de me présenter dans une société honnête, où ses talens et ses bonnes qualités le faisoient recevoir avec considération. J'arrivai, et je commençai à balbutier un compliment qui, si madame de B.... me l'eût laissé poursuivre, eût été, je n'en doute pas, bien gauche et bien mal tourné. Elle

m'interrompit en me disant ,
avec toute la grace possible,
les choses honnêtes habituelles.
L'assemblée étoit composée des
personnes les plus aimables et
les plus instruites des deux sexes.
La conversation reprit son cours.
Un homme du meilleur ton ,
parlant avec facilité, en faisoit
les honneurs avec madame de
B.... Je fus d'abord embarrassé ,
contraint, puis un peu moins.,
puis enfin je repris quelqu'assu-
rance.

On parla modes et colifichets,
avec la légéreté convenable au

sujet ; on raconta décemment l'anecdote un peu libre du jour , on coudoya la politique en passant, on se fixa à la littérature , on critiqua sans amertume , on loua sans exagération, on raisonna sur tous les sujets avec justesse et goût. Je me levai et saluai , plus content de moi (quoique je n'eusse pas dit un mot) que je ne le suis ordinairement après un premier entretien avec des gens d'esprit.

CHAPITRE XXX.

Le Concert de la rue Feydeau.

JE suis impatient. . . . . Madame
L. . . . . m'a occupé sans que je
vous en aie fait part, cher lecteur, dans les momens les plus
sérieux de la journée. . . . . Il est
neuf heures,... je dois la trouver
au concert Feydeau ; ... j'arrive,
elle est seule, je suis auprès d'elle
en petite loge ; ... des bougies ; ...
Garat ; ... trois bémols à la clef.

Quelle est cette femme ci ? quelle
est cette femme là ? quelle est
cette nouvelle couleur ? . . . que
pensez-vous de ce *spencer* ? . . . .

comment nomme-t-on ces chapeaux de paille?.... que dites-
vous de ce jeune homme?...
Ah, mon dieu! que de ques-
tions;.... je les fis toutes, et
beaucoup d'autres encore... Ma
curiosité prouvoit le désir de
m'instruire, elle me rendit très-
aimable, me fit paroître char-
mant,... on répondit à toutes....
Le nacarat étoit une couleur di-
rectoriale,.... ces chapeaux
avoient étonnamment vieillis
depuis vingt-quatre heures....
On me raconta l'histoire de chaque personne.... Madame S.....
étoit brouillée avec son mari et
son amant à-la-fois.... Quel vide
affreux! M. V...... étoit roué
par une débutante..,. Le jeune

B. . . . avoit des motifs de sagesse. . . . La vieille madame
H. . . . venoit au concert pour
la dernière fois ; elle renonçoit
le lundi suivant à la société.

On parla ensuite de surprises
d'amour. . . . A propos d'amour,
je plaçai naturellement le mien...
La magie du spectacle et de l'har-
monie avoit produit son effet....
Je fus écouté , regardé tendrement. — Allons chez Carchi....
On se refroidit , m'écriai-je. —
Allons chez Carchi.

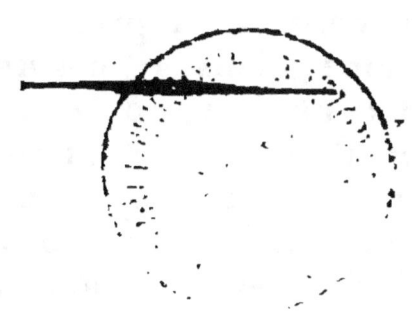

CHAPITRE XXXI.

Carchi.

DES glaces de Venise bien entre-
tenues, . . . et de très-jolies glaces à
la bouche de rose, . . . et des biscuits
aux amandes *du meilleur genre;* . . .
assemblée un peu mêlée; . . . Carchi
très-important et très-civil; . . . madame Carchi très-minaudière; . . . de
charmantes femmes; . . . des jeunes
gens extrêmement élégans; . . . et au
milieu de tout cela, ma redingotte
grise demi-quarrée, . . . sans collet
noir encore. — Auprès de moi était
une dame, dans le costume le plus
galant; un des douze jeunes gens
groupés derrière elle s'approcha de son
oreille, et lui dit très-gracieusement: . . .
Demain, madame, je vous fais le sacrifice de mes cheveux. . . . Sourire

d'approbation.... Six de ces jeunes
gens, dont la chevelure était chargée
de poudre, reculèrent d'un pas;....
les cinq autres, presqu'entièrement
rasés, s'approchèrent d'un pas, et tirè-
rent ensemble, d'un petit étui d'argent,
de nacre de perle, d'or, etc. un peigne
d'écaille artistement travaillé. Ils le
promenèrent à diverses reprises sur
le front, les faces, les sourcils;
par ce petit mouvement, chacun d'eux
développa trois ou quatre graces; grace
à ouvrir l'étui, grace à en tirer le peigne, grace à se peigner, grace à re-
fermer l'étui, etc.... La jeune dame
sourit encore, et se leva.... Douze
bras sont tendus, douze mains sont
offertes; elle prend celle d'un homme
assez laid et assez maussade, et sort
suivie de son nombreux cortège....,
Vous me permettrez, dis-je à madame
L.... de vous remettre chez vous?...

CHAPITRE XXXII.

Fin de la journée.

J'ÉTOIS moins timide ; . . . j'osai un peu. . . . . j'osai tout, et je m'écriai : Ah ! madame ! *non diem perdidi.* — A-t-on jamais entendu parler latin en pareille circonstance ! . . . — Il est minuit, madame,... les patrouilles ,... le bureau central. — Monsieur, une femme honnête. . . . — Madame, les dangers. . . . Silence de deux minutes. . . Madame hésite. . . — Marton, donnez-moi la clef de l'escalier dérobé.

Nox est.

F I N.

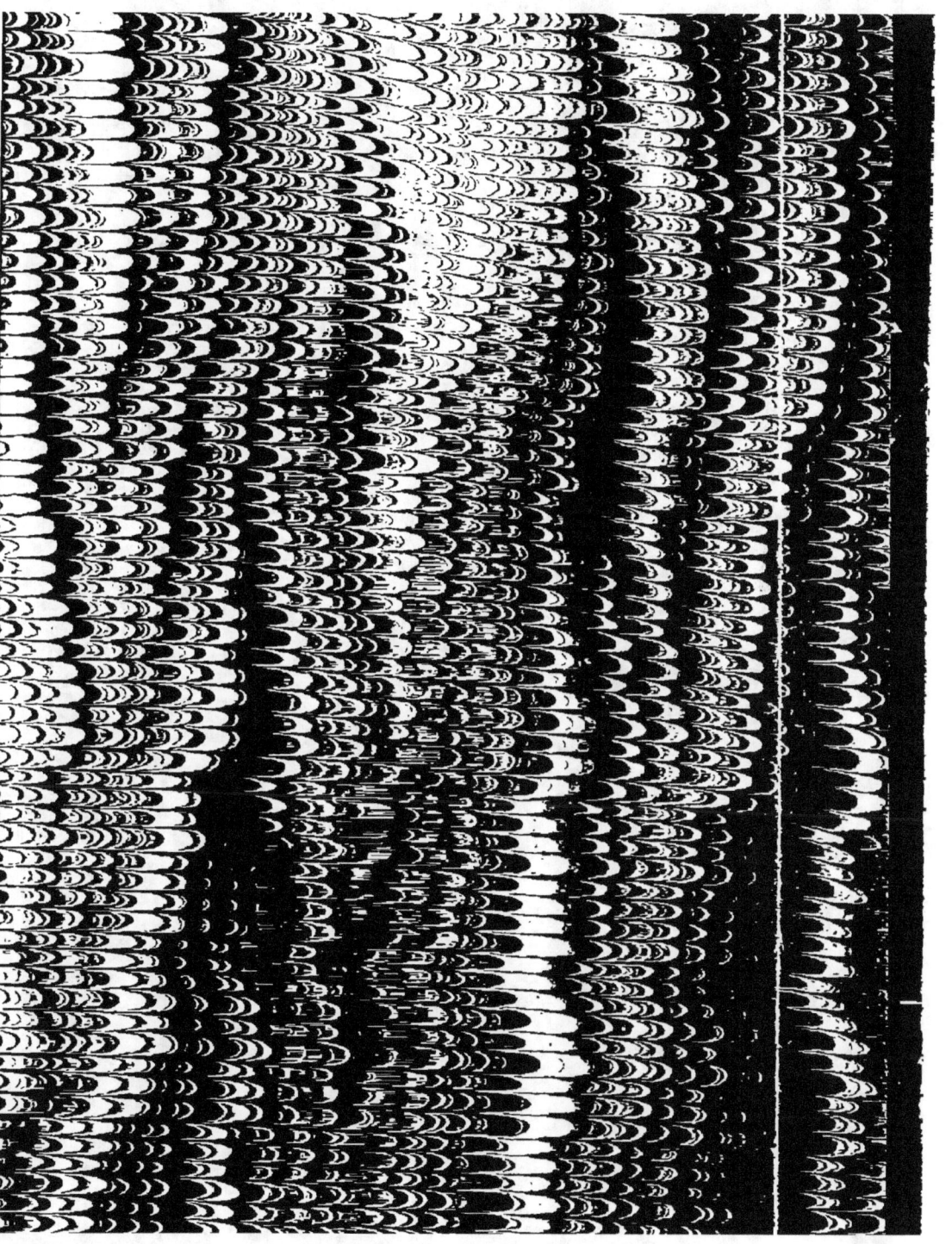